cuentos de

Ariel,
el león presumido

Elvira Menéndez / Mª Luisa Torcida

 Joaquín Turina, 39 28044 Madrid

Al llegar la primavera,
mamá leona tuvo un cachorro.
Tenía el pelo de color melocotón.
¡Era precioso! Y mamá leona lo llamó Ariel.

Según crecía, Ariel se volvía más guapo.
—¡Qué lindo es!
¡Es el cachorro más bonito de la selva!
-decían todos los animales al verlo.
Y Ariel se convirtió en un leoncito presumido.

En lo alto de la montaña vivía
un gorila de su misma edad, llamado Gugú.
Un día, Gugú bajó al valle
y se encontró con Ariel y sus amigos.
—¿Puedo jugar con vosotros? -les preguntó.
—No; eres muy feo y no nos gustas
-respondió Ariel.

Cuando se lo contó a su mamá, la leona le riñó:
—Ser feo o guapo no tiene importancia, Ariel.
—Sí que la tiene -contestó Ariel-.
Mi amiga la jirafa es la más alta de la selva
y la ardilla tiene el pelo rojo como el fuego.
Pero Gugú es feo y oscuro.

—Gugú no es feo. Es un gorila de montaña
y es distinto a nosotros.
Pero Gugú es inteligente y bueno.
Me gustaría mucho que fueseis amigos
-dijo mamá leona.
Pero Ariel no le hizo ningún caso.

Un día llovió tanto, tanto,
que en el valle se formó un río.
Y la casa de Ariel quedó en la otra orilla.
—¿Y ahora qué hago para volver a casa?

En esto, se acercó su amiga la jirafa.
—¿Qué haces aquí, Ariel?
—No me atrevo a cruzar el río
porque no sé nadar -le explicó Ariel.
—Crúzalo andando -contestó la jirafa.

Ariel tenía las patas ya dentro del agua,
cuando su otra amiga la ardilla
se acercó corriendo y le advirtió:
—¡No cruces el río, Ariel!
¡Es muy profundo y puedes ahogarte!

—Eso no es verdad -dijo la jirafa-.
Yo acabo de cruzarlo
y el agua me llegaba por las rodillas.
—Pues yo casi me ahogo -dijo la ardilla-.
He intentado cruzarlo
y el agua me tapaba la cabeza.

—Cruza el río, Ariel. ¡Que no hay peligro!
-decía la jirafa.
—¡No lo cruces, Ariel! Porque puedes ahogarte
-decía la ardilla.
Y Ariel no sabía a quién hacer caso.

La jirafa y la ardilla discutieron y discutieron
hasta que se hizo de noche.
Y Ariel seguía sin saber qué hacer.
De pronto, apareció Gugú, el gorila.

—Tu madre te está buscando Ariel.
¿Qué haces ahí?
—Estoy esperando a que la jirafa y la ardilla
terminen de discutir para saber
quién tiene razón.

—¡Yo! -gritó la jirafa.
—¡Yo! -gritó la ardilla.
—Esto no se arregla discutiendo
-gritó Gugú más alto que ellas.

Y eso es lo que hizo Gugú: pensar.

Al cabo de un rato, dijo:

—Ariel, ponte entre la jirafa y la ardilla.

Así lo hizo Ariel. Gugú les explicó:

—Ariel es más bajo que la jirafa.

—Entonces, ¿puedo cruzar el río sin ahogarme?
-preguntó el león.
—Primero tengo que averiguar otra cosa más
-contestó Gugú-.
¿Hasta dónde te llegaba el agua cuando cruzaste
el río, jirafa?

—Hasta las rodillas -contestó la jirafa.
—Entonces, tú, Ariel, puedes cruzar el río
porque llegas más arriba de las rodillas de la
jirafa. Pero tú, ardilla, no puedes cruzarlo
porque no llegas hasta sus rodillas y te ahogarías.

—¿Y cómo cruzo yo el río?
—preguntó la ardilla muy triste.
—Sobre mi lomo -dijo Ariel-.
Para eso estamos los amigos, para ayudarnos.
Como ha hecho Gugú con nosotros.
Y así fue como los tres cruzaron el río
sanos y salvos.

Desde entonces, cuando alguien decía:
"Ariel es el animal más guapo de la selva",
él contestaba: "Y Gugú es el más listo,
porque sabe pensar y eso es
lo más importante".